When Julia Danced Bomba

Cuando Julia bailaba bomba

By / Por
Raquel M. Ortiz

Illustrations by / Ilustraciones de
Flor de Vita

Translation by / Traducción de
Gabriela Baeza Ventura

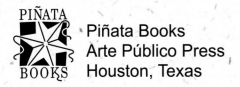

Piñata Books
Arte Público Press
Houston, Texas

Publication of *When Julia Danced Bomba* is produced in part with support from the Clayton Fund. We are grateful for their support.

Esta edición de *Cuando Julia bailaba bomba* ha sido subvencionada en parte por medio del Clayton Fund. Les agradecemos su apoyo.

The author is donating a part of the royalties from this book to the Consuelo Lee Corretjer Day Care Center. To learn more about this bilingual-bicultural pre-school in Humboldt Park, Chicago, please visit https://prcc-chgo.org/programs/centro-infantil/.

La autora donará un porcentaje de las regalías de este libro al Consuelo Lee Corretjer Day Care Center. Para saber más sobre este prescolar bilingüe-bicultural en Humboldt Park, Chicago, visite https://prcc-chgo.org/programs/centro-infantil/.

Piñata Books are full of surprises!
¡Piñata Books están llenos de sorpresas!

Piñata Books
An Imprint of Arte Público Press
University of Houston
4902 Gulf Fwy, Bldg 19, Rm 100
Houston, Texas 77204-2004

Cover design by / Diseño de la portada por Bryan Dechter

Names: Ortiz, Raquel M., author. | De Vita, Flor, illustrator. | Ventura, Gabriela Baeza, translator. | Ortiz, Raquel M. When Julia danced bomba. | Ortiz, Raquel M. When Julia danced bomba. Spanish.
Title: When Julia danced bomba / by Raquel M. Ortiz ; illustrations by Flor de Vita ; Spanish translation by Gabriela Baeza Ventura = Cuando Julia bailaba bomba / por Raquel M. Ortiz ; ilustraciones de Flor de Vita.
Other titles: Cuando Julia bailaba bomba
Description: Houston, TX : Piñata Books, an imprint of Arte Público Press, [2019] | Summary: Young Julia struggles with the steps to the Afro-Puerto Rican dance known as bomba, but when she quits trying so hard and listens and feels the beat of the drums, she is able to relax, enjoy herself, and do the steps perfectly.
Identifiers: LCCN 2019006257 (print) | LCCN 2019011474 (ebook) | ISBN 9781518505867 (pdf) | ISBN 9781558858862 (alk. paper)
Subjects: | CYAC: Bomba (Dance)—Fiction. | Dance—Puerto Rico—Fiction.
Classification: LCC PZ73 (ebook) | LCC PZ73 .O718 2019 (print) | DDC [E]—dc23
LC record available at https://lccn.loc.gov/2019006257

∞ The paper used in this publication meets the requirements of the American National Standard for Permanence of Paper for Printed Library Materials Z39.48-1984.

Printed in China in March 2019–June 2019
by Hung Hing Printing
5 4 3 2 1

To Marina, Alejandro and everyone who helps us to learn our music,
sing our songs and believe that we can dance.
—RMO

For my husband, who has supported me during all these years.
—FDV

ⅅ ⅅ ⅅ   ⅅ ⅅ ⅅ

Para Marina, Alejandro y todos los que nos ayudan a aprender nuestra
música, cantar nuestras canciones y creer que podemos bailar.
—RMO

Para mi esposo, quien me ha apoyado en todos estos años.
—FDV

As Julia and Cheíto pushed open the doors to the cultural center, they were greeted by a loud **Tan tantan TAN.**

"Julia, they're already warming up. Hurry!" said Cheíto, half-dragging Julia up the stairs to the activities room.

Once inside, Cheíto dropped Julia's hand and ran over to the instruments. He sat down in front of one of the *barriles* and began pounding on the drum, joining the other boys and girls making beautiful music.

Cuando Julia y Cheíto abrieron las puertas del centro cultural oyeron un fuerte **Tan tantan TAN.**

—Julia, ya están ensayando. ¡Avanza! —dijo Cheíto, casi arrastrando a Julia por las escaleras hacia al salón de actividades.

Ya adentro, Cheíto le soltó la mano a Julia y corrió hacia los instrumentos. Se sentó al frente de uno de los barriles y empezó a darles, uniéndose a los demás niños y niñas haciendo linda música.

Cheíto was a natural. He banged on things all week long. He practiced his beats on chairs and tables and even walls. Cheíto looked forward to Saturdays. He loved *bomba* class.

Not Julia.

Julia didn't want to practice dancing. She preferred to play make believe. Julia loved to daydream about becoming an astronaut.

Suddenly, everybody was ready to dance *bomba*. Everybody but Julia.

Cheíto tenía talento natural. Practicaba toda la semana. Ensayaba sus ritmos en sillas y mesas y hasta en las paredes. Cheíto esperaba los sábados con mucha emoción. Le encantaba la clase de bomba.

A Julia no.

Julia no quería practicar el baile. Prefería jugar con su imaginación. A Julia le encantaba soñar despierta e imaginar que era astronauta.

De repente, todos estaban listos para bailar bomba. Todos menos Julia.

Julia slowly joined the other dancers, her eyes lowered to the floor. She took her place behind Yamarís to warm up. Sixteen-year-old Yamarís was the best dancer in the group. As the teacher called out the steps, Julia tried to imitate Yamarís. But, it wasn't easy. Julia just couldn't focus on the beat of the drum. She was lost.

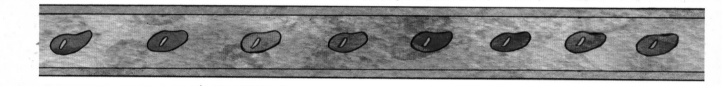

Poco a poco, Julia se unió a los otros bailadores y bajó la mirada. Se puso detrás de Yamarís para el calentamiento. Yamarís de dieciséis años era la mejor bailarina del grupo. Mientras la maestra marcaba el paso, Julia intentaba imitar a Yamarís. Pero, no era tan fácil. Julia no podía enfocarse en el ritmo del tambor. Estaba perdida.

Her right turn was too slow.

Her side step was too big.

And her jumps were enormous!

Julia just didn't think she should dance *bomba*.

The dancers practiced for a very long time. Finally, the teacher announced, "Okay, everybody, let's get ready for a *bombazo*."

Su vuelta a la derecha era muy lenta.

Su paso al lado era muy grande.

Y ¡sus saltos eran enormes!

Julia simplemente sentía que no debería bailar bomba.

Los bailarines ensayaron por un buen rato. Al final, la maestra anunció, —Muy bien, prepárense para un bombazo.

A *bombazo*! This was Julia's favorite part of dance class. The musicians would play, everybody would sing, and each of the older kids would dance a solo. Julia loved watching the dancers as she sang.

As the students happily began to form a semicircle around the musicians, the teacher called out, "I have an announcement. As a special treat, all of our younger dancers will also participate in the *bombazo* today."

¡Bombazo! Ésta era la parte favorita de la clase de baile para Julia. Los músicos tocaban, todos cantaban y cada uno de los niños y las niñas mayores bailaba solito. A Julia le encantaba ver a los bailarines mientras cantaba.

Cuando los estudiantes, con entusiasmo, empezaron a formar un semicírculo alrededor de los músicos, la maestra anunció, —Como un regalo especial, todos los bailarines menores podrán participar en el bombazo de hoy.

A solo! Julia would have to dance in front of everybody, all by herself! Oh, no!

Julia could barely pay attention to any of the others.

Instead of concentrating on her little cousin Carla's terrific turn, Julia worried about twirling gracefully.

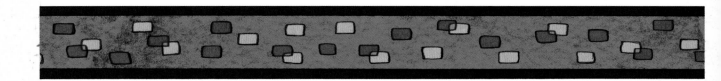

¡Bailar solita! Julia tendría que bailar enfrente de todos, ¡completamente sola! ¡Ay, no!

Julia apenas podía ponerle atención a los demás.

En vez de concentrarse en Carla su primita y la bella vuelta veloz que hacía, Julia se preocupaba pensando en que tenía que hacer un giro con gracia.

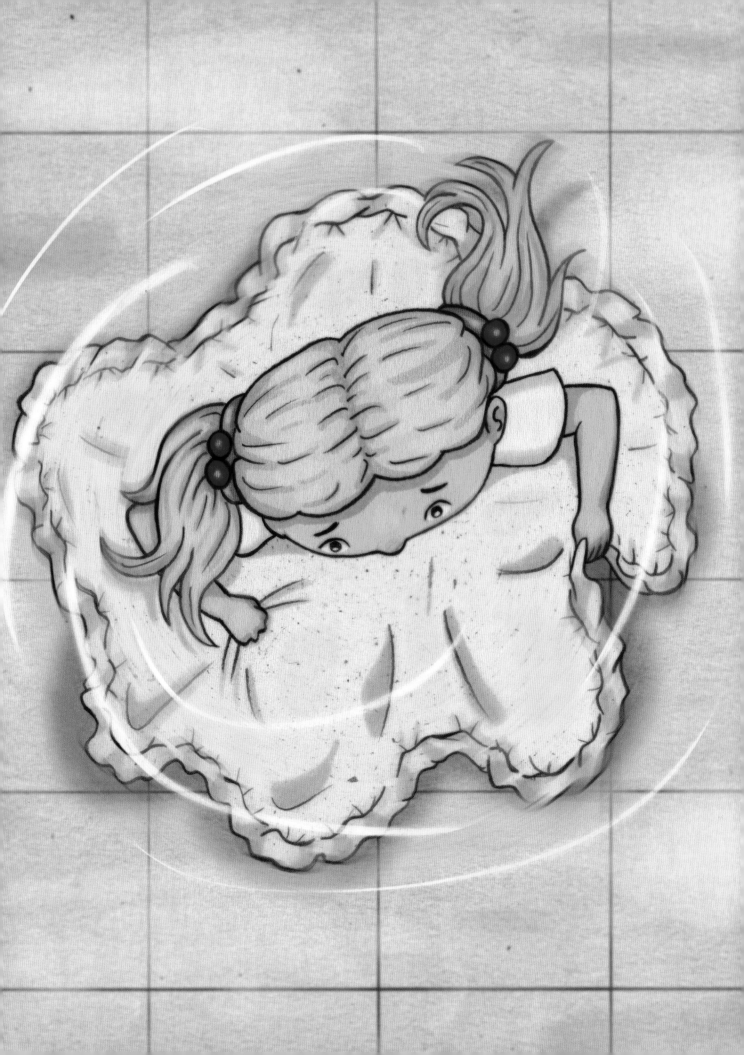

Julia did not notice Natalia's special spin. She was busy reminding herself to take little hops instead of bouncing like a donkey.

She completely missed Yamarís's fancy footwork. She was all caught up in her own thoughts about taking her time and strolling, *not* stumbling.

Julia no vio la vuelta especial de Natalia. Sólo se recordaba a sí misma que debía dar saltos pequeños y no brincar como burro.

También se perdió los pasos complicados de Yamarís. Estaba muy ocupada pensando en tomarse el tiempo para deslizarse y *no* tropezarse.

Finally, it was Julia's turn to dance. Head held high, she slowly strolled into the circle. Stopping in the middle, Julia paused for a moment. She looked at the drummer of the *barril primo*, the main drum. He smiled and nodded to her. Julia inhaled, closed her eyes and took the first step.

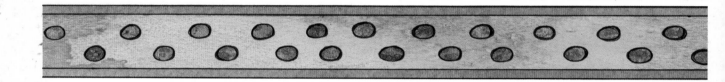

Finalmente, le tocaba bailar a Julia. Despacito entró en el círculo con la cabeza en alto. Se paró en medio y esperó un momentito. Miró al percusionista principal del barril primo. Él le sonrió y asintió con la cabeza. Julia respiró profundo, cerró los ojos y dio su primer paso.

Holding the edge of her skirt, she moved her right arm in the shape of a half circle and heard, **TAN.**

"Neat," whispered Julia, "right on the drum beat!"

Now, eyes wide open and a bit braver, Julia focused on the main drum and made the same movement with her left arm.

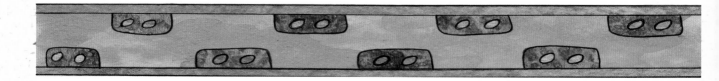

Tomo la punta de la falda, movió el brazo derecho, hizo un medio círculo y oyó, **TAN.**

—Chévere —susurró Julia—, ¡justo al ritmo del tambor!

Ahora, con los ojos bien abiertos y sintiéndose un poco más valiente, Julia se enfocó en el barril primo e hizo el mismo movimiento con el brazo izquierdo.

TAN, rang out the drum again, loud and clear.

"Wow," Julia thought, "the drum is talking to me!"

She began twirling in a circle, raising and lowering left arm, right arm, left arm, right arm. The main drum sang out, **Tantantantan.**

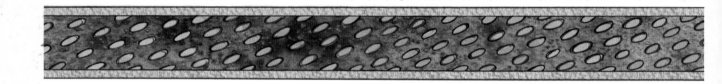

TAN, volvió a sonar el tambor, con fuerza y claridad.

—Vaya —pensó Julia—, ¡el barril me está hablando!

Empezó a dar vueltas, levantando y bajando el brazo izquierdo, el derecho, el izquierdo, el derecho. El tambor principal cantó, **Tantantantán.**

Julia stopped worrying. She finally took a break from trying so hard. Instead, she heard and felt the rhythm of the *bomba* drums.

Julia danced and danced and danced as Cheíto sang out in a strong, clear voice:

Mamá, cuídame a Belén, cuídame a Belén, Mamá
Mamá, cuídame a Belén, cuídame a Belén, Mamá
Repíqueme la bomba, repíqueme la cuá.
Ay, báilame la bomba hasta la madrugá.

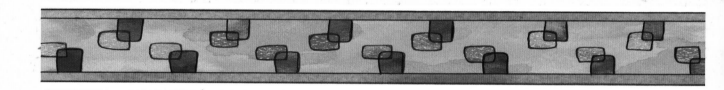

Julia dejó de preocuparse. Finalmente se relajó. Escuchó y sintió el ritmo de los tambores de la bomba.

Julia bailó y bailó y bailó mientras Cheíto cantaba con una voz fuerte y clara:

Mamá, cuídame a Belén, cuídame a Belén, Mamá
Mamá, cuídame a Belén, cuídame a Belén, Mamá
Repíqueme la bomba, repíqueme la cuá.
Ay, báilame la bomba hasta la madrugá.

The song finished, and Julia's dance came to an end. Leaving the circle, she looked over at the musicians and spotted her big brother. Cheíto was sitting in the front row, happily pounding on a *barril*. He looked at Julia and winked.

Julia took her place next to Yamarís. Yamarís hugged Julia and whispered into her ear, "That was great! I am soooooo proud of you!"

Julia smiled from ear to ear. She was a natural, too!

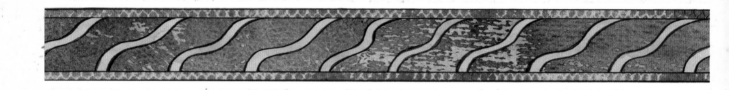

Se terminó la canción y el baile de Julia llegó a su fin. Al salir del círculo, miró hacia los músicos y vio a su hermano mayor. Cheíto estaba sentado en la primera fila, felizmente dándole al tambor. Él vio a Julia y le guiñó un ojo.

Julia tomó su lugar al lado de Yamarís. Yamarís la abrazó y le susurró al oído, —¡Lo hiciste muy bien! ¡Estoy súper orgullosa de ti!

Julia sonrió de oreja a oreja. ¡Era una bailarina innata!

General Information about *Bomba*

Bomba is an Afro-Puerto Rican musical celebration that's created by dancers, percussionists and singers. On the island of Puerto Rico, *bombazo*s are traditionally celebrated in the municipalities of Loíza Aldea, Mayagüez, Ponce, San Juan and Santurce. *Bombazos* are also held in US cities such as New York, Cleveland, Chicago, Philadelphia and Orlando. Other Caribbean cultures have dances similar to *bomba*, such as *gagá* in the Dominican Republic and the *rumba* in Cuba. Also, there are aspects of *bomba* that resemble the *flamenco* from Southern Spain.

Three instruments are needed for a *bombazo*: the drums called *barriles* or *bombas*, the *cuá* and the *maraca*. The *barril primo* is very important for a *bombazo* because it's the high-pitch drum that marks every movement the dancer makes as the dancer and drum "talk" with each other. The *buleador* or *segundo* are the low-pitch drums that keep a steady beat. Also, *bomba* music is always accompanied by singing. After each verse is sung by the lead singer, the choir repeats the verse.

While there are many styles of *bomba*, the five basic *bomba* rhythms are: *cuembe*, *holandés*, *sicá*, *seis corrido* and *yubá*. In this story Julia dances to a *yubá*.

Información general sobre la Bomba

La Bomba es una celebración musical afro-puertorriqueña creada por bailarines, percusionistas y cantantes. En la isla de Puerto Rico, los bombazos se suelen celebrar en los municipios de Loíza Aldea, Mayagüez, Ponce, San Juan y Santurce. Los bombazos también se celebran en ciudades estadounidenses como Nueva York, Cleveland, Chicago, Filadelfia y Orlando. Otras culturas caribeñas tienen bailes similares a la bomba, como el gagá en la República Dominicana y la rumba en Cuba. Además, hay elementos de la bomba que se parecen al flamenco del sur de España.

Los tres instrumentos que se requieren para el bombazo son los tambores llamados barriles o bombas, el cuá y la maraca. El barril primo es muy importante para el bombazo porque es el tambor de tono alto que marca cada movimiento del danzante. Es como que el tambor y el danzante "platican" mientras el buleador o segundo, los tambores de tono bajo, mantienen el ritmo. Después, el cantante principal canta cada verso y el coro lo repite.

Aunque hay muchos estilos de bomba, los cinco ritmos básicos son: *cuembe, holandés, sicá, seis corrido* y *yubá*. Julia baila un yubá en esta historia.

Glossary

barriles or *bombas*: The drums used in *bomba*, traditionally built from the wood of rum barrels.

bombazo / *baile de bomba*: A communal celebration where everyone who attends dances, plays instruments and sings a *bomba* jam.

buleador or *segundo* (second): The low-pitch drums that keep a steady beat.

cuá: The two wooden sticks used to create a basic rhythm pattern traditionally played on the side of a *barril* or *bomba* drum.

repique: The tapping sound the drum makes for every movement the dancer makes.

primo (first) or *subidor* (riser): The drum that marks the dancer's movement.

Glosario

barriles o *bombas:* Los tambores que se usan en la bomba, tradicionalmente se hacen con los barriles de madera para el ron.

bombazo o baile de bomba: Una celebración comunitaria en la que todos los participantes bailan, tocan instrumentos y cantan.

buleador o *segundo:* El tambor de tono bajo que mantiene el ritmo.

cuá: Dos palos de madera que se usan para crear un patrón de rítmo básico que típicamente se toca en el lado de un barril o tambor de bomba.

repique: El sonido que hace el tambor con cada movimiento del bailarín.

primo o subidor: El tambor que marca el movimiento del bailador.

Photo Courtesy of Joan Samkow

Raquel M. Ortiz was born and raised in Lorain, Ohio, to Puerto Rican parents. She learned to sing and dance *bomba* at La Casita de Don Pedro (Chicago), studied *bomba* drumming with Los Pleneros de la 21 (New York City) and currently collaborates with BombaYo. When Raquel isn't dancing or drumming, she is creating educational material for the Puerto Rican Heritage Cultural Ambassadors Program for the Center for Puerto Rican Studies. She is the author of *Sofi and the Magic, Musical Mural / Sofi y el mágico mural musical* and *Sofi Paints Her Dreams / Sofi pinta sus sueños.* Please visit her webpage at https://colorespublishing.wordpress.com/about/.

Raquel M. Ortiz nació y creció en Lorain, Ohio, con sus padres puertorriqueños. Aprendió a cantar y bailar bomba en La Casita de Don Pedro (Chicago), estudió percusión de bomba con Los Pleneros de la 21 (Ciudad de Nueva York) y en la actualidad colabora con BombaYo. Cuando Raquel no está bailando o tocando los tambores, prepara material educacional para el Programa de Embajadores de la Herencia Puertorriqueña del Centro de Estudios Puertorriqueños. Es autora de *Sofi and the Magic, Musical Mural / Sofi y el mágico mural musical y Sofi Paints Her Dreams / Sofi pinta sus sueños.* Visítela en colorespublishing.wordpress.com.

Flor de Vita was born in Veracruz, Mexico, where she found her passion for painting and writing, influenced by nature, Mexican traditions and the folktales that she heard from her mother while growing up. She graduated with a BA in Animation and Digital Art, and then specialized in children's book illustration and writing. She is now a writer and illustrator with two self-published books, *Sirenas* and *Ix Chel*. She currently resides in Jalisco, Mexico, where she works on new projects full of color and Mexican flavor.

Flor de Vita nació en Veracruz, México, donde encontró su pasión por la pintura y la escritura a través de la influencia de la naturaleza, las tradiciones mexicanas y los cuentos que escuchó de su madre mientras crecía. Se tituló en Animación y Arte Digital y después se especializó en la ilustración y escritura de libros infantiles. Ahora es autora e ilustradora de dos libros autopublicados *Sirenas* e *Ixchel*. En la actualidad vive en Jalisco, México, y está trabajando en proyectos nuevos llenos del color y sabor mexicano.